Gaston Leroux

Nelson ~~Camp~~

W9-CZT-197

Le Fantôme de l'Opéra

Texte adapté par M. Descombes

Rédaction : Marie-Claude Chastant, Lydie Lethimonnier
Conception graphique : Nadia Maestri
Illustrations : Ivan Canu

© 2001 Cideb Editrice, Genova

Première édition : janvier 2001

5   4   3   2   1

Tous droits réservés. Toute représentation ou reproduction intégrale ou partielle de la présente publication ne peut se faire sans le consentement écrit de l'éditeur.

L'éditeur reste à la disposition des ayants droit pour les éventuelles omissions ou inexactitudes indépendantes de sa volonté.

Pour toute suggestion ou information la rédaction peut être contactée à l'adresse suivante :
Cideb Editrice – Piazza Garibaldi 11/2 – 16035 Rapallo (GE)
Fax 0185/230100 – e-mail: info@blackcat-cideb.com
http://www.blackcat-cideb.com

ISBN 88-7754-701-4   livre+CD
ISBN 88-7754-540-2   livre+cassette

Imprimé en Italie par Litoprint, Genova

Sommaire

Le texte est intégralement enregistré.

Ce symbole indique les exercices d'écoute.

DELF Les exercices qui présentent
cette mention préparent
aux compétences requises
pour l'unité indiquée.

Qui est Gaston Leroux ?

Force de la nature grâce à son physique de géant, avocat, chroniqueur judiciaire à l'*Écho de Paris*, reporter au *Matin*, journaliste intrépide qui n'a pas « peur de se mouiller », Gaston Leroux (1868-1927) va au devant des événements et sait saisir le sens de l'histoire. Bien souvent, bien avant ses collègues, il participe à la page d'histoire. Cet appétit de la vie et de la nouvelle sensationnelle, lui procurent quelquefois des ennuis

et des ennemis. Un jour, il décide d'abandonner le journalisme pour l'écriture, la vraie. Son expérience de journaliste et d'avocat vont lui être d'un grand secours. Leroux devient célèbre en 1907 en publiant dans l'*Illustration* son roman *Le Mystère de la chambre jaune* avec lequel il innove le crime commis dans une pièce close,

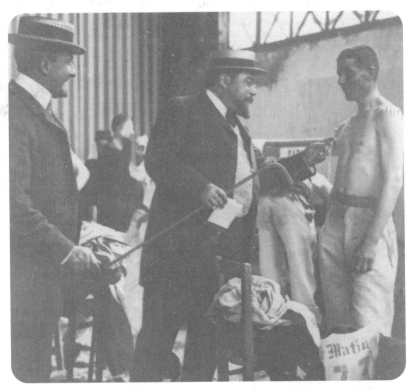

Gaston Leroux journaliste en train de faire une interview.

veine nouvelle qui va être largement exploitée. C'est dans ce premier roman qu'il crée le personnage célèbre de Rouletabille, détective et reporter comme... lui ! D'autres romans vont suivre comme *Le parfum de la dame en noir* (1909) qui est la suite du *Mystère de la chambre jaune*. Gaston Leroux est encore l'auteur du cycle de *Chéri-Bibi* (1921-1922).

Les romans de Gaston Leroux vont être publiés, bien entendu, dans les journaux et on considère cet écrivain comme un des représentants du roman-feuilleton.

Un roman en feuilleton, dans un journal.

Ses récits tiennent le public en haleine et font monter les ventes. Outre les énigmes policières, Gaston Leroux écrit des récits d'angoisse comme *Le Fantôme de l'Opéra* (1925) et *La poupée sanglante* (1929).

Une des premières éditions du Fantôme de l'Opéra.

Les coups de théâtre, la dimension psychologique assez simpliste des personnages, l'humour, voilà les principaux ingrédients qu'utilise Gaston Leroux pour pimenter son imagination abondante. Une recette qui fonctionne et qui assure le succès !

1 **Dites si c'est vrai (V) ou faux (F).**

		V	F
1.	Gaston Leroux a été avocat.	☐	☐
2.	Il a écrit pour les journaux exclusivement des articles.	☐	☐
3.	Son premier roman est *Le mystère de la chambre jaune.*	☐	☐
4.	C'est un des pères du roman-feuilleton.	☐	☐
5.	Un de ses personnages célèbres est Rouletabille.	☐	☐
6.	Il n'a pas écrit que des énigmes policières.	☐	☐
7.	Il a été un écrivain à succès de romans d'angoisse.	☐	☐
8.	*La poupée de l'Opéra* est un de ces romans.	☐	☐

CHAPITRE 1

La fête d'Adieu

Les petits rats [1] entrent dans la loge [2] de la Sorelli, la danseuse étoile [3], avec des rires nerveux. La Sorelli souhaite être seule pour relire son discours pour la fête de départ des deux directeurs démissionnaires, Messieurs Debienne et Poligny. Elle regarde contrariée les gamines [4].

– Que voulez-vous ?

La petite Jammes dit d'une voix tremblante :

---

1. **les petits rats** : les élèves de l'Académie de danse de l'Opéra.
2. **loge** : *ici*, petite pièce où les artistes se maquillent, s'habillent...
3. **danseuse étoile** : la danseuse la plus importante.
4. **gamine** : petite fille.

Le Fantôme de l'Opéra

– C'est à cause du fantôme !

– Petite bête [1], le fantôme n'existe pas ! dit la Sorelli.

La petite Meg Giry, la fille de l'ouvreuse [2] s'exclame :

– Si, il existe et il n'est pas beau !

Depuis des mois, on parle sans arrêt à l'Opéra, du fantôme. On dit dans les coulisses [3] que c'est une sorte de squelette dans un habit [4] noir qui se promène comme une ombre. Il a deux

1. **petite bête** : petite stupide.
2. **ouvreuse** : femme qui indique leurs places aux spectateurs.
3. **coulisses** : espace derrière et sur les côtés de la scène.
4. **habit** : *ici*, complet d'homme pour les cérémonies.

La fête d'Adieu

Le Fantôme de l'Opéra

trous [1] noirs à la place des yeux. Il passe en silence, il apparaît et il disparaît sans laisser de trace.

— Chut ! Écoutez ! dit à voix basse la petite Jammes. On entend un bruit de soie [2] derrière la porte !

La Sorelli ouvre brutalement la porte.

— Personne ! Il n'y a pas de fantôme à l'Opéra !

— Le fantôme existe ! Gabriel le maître de chant le dit aussi. Joseph Buquet le chef-machiniste [3] aussi sait comment il est. Maman dit qu'il faut laisser le fantôme tranquille. Il ne veut pas être dérangé [4], déclare la petite Meg.

— Et pourquoi dit-elle ça ta mère ? demandent les fillettes.

— C'est à cause de la loge [5] du fantôme !

— Le fantôme a une loge ? demandent ensemble les gamines.

— La loge numéro 5, la première loge à côté de l'avant-scène [6] de gauche, dit d'une voix basse Meg. Elle doit rester libre pour le fantôme, c'est l'ordre des directeurs.

— Mais alors ta mère a déjà vu le fantôme !

— Non. Maman peut seulement entendre sa voix. Il a une belle voix d'homme. Il parle à maman dans la loge mais elle ne peut pas le voir.

1. **trou** : cavité.
2. **soie** : tissu précieux produit par un ver.
3. **machiniste** : personne qui s'occupe des changements de décors, des trucages.
4. **déranger** : importuner.
5. **loge** : *ici*, compartiment à plusieurs fauteuils pour des spectateurs.
6. **avant-scène** : partie de la scène devant le rideau.

La fête d'Adieu

À ce moment, le régisseur [1] ouvre la porte de la loge de la Sorelli.

– Joseph Buquet est mort ! Pendu [2] dans le troisième dessous [3] de la scène. La police n'a pas retrouvé la corde !

La sinistre nouvelle se répand vite du haut en bas de l'Opéra. Les petites danseuses groupées autour de la Sorelli se dirigent vers le foyer [4] à travers les corridors [5] et les escaliers mal éclairés.

1. **régisseur** : personne qui administre.
2. **pendu** : participe passé du verbe *pendre*.
3. **dessous** : sous-sol.
4. **foyer** : salle où les spectateurs et les acteurs se retrouvent.
5. **corridor** : couloir.

Pour s'échauffer

1 **Choisissez les bonnes réponses.**

1. Les petites filles retrouvent la Sorelli ☐ dans sa loge.
☐ dans un corridor.

2. La Sorelli est ☐ un petit rat.
☐ une danseuse étoile.

3. Les gamines ont peur ☐ d'un chef-machiniste.
☐ d'un fantôme.

4. C'est la fête d'adieu ☐ des directeurs.
☐ de la danseuse étoile.

5. La fête a lieu dans ☐ le foyer.
☐ la loge.

6. Depuis des mois on parle ☐ du chef-machiniste de l'Opéra.
☐ du fantôme de l'Opéra.

7. La mère de Meg est ☐ danseuse.
☐ ouvreuse.

8. Le fantôme est toujours ☐ en blanc.
☐ en noir.

9. Il a une voix ☐ d'homme.
☐ de femme.

10. Il assiste au spectacle ☐ d'une loge.
☐ de la scène.

11. On a trouvé Joseph Buquet mort ☐ dans un étage supérieur.
☐ dans le 3e dessous.

Dans les coulisses

 2 Écoutez et complétez l'article de journal suivant.

Macabre découverte
dans un dessous de l'Opéra.

Hier, Joseph Buquet, ... de la prestigieuse ...., s'est pendu ....
C'est juste .... organisée .... Debienne et Poligny que la macabre découverte .... faite. On ignore encore .... de ce .... Les .... rats, ... Sorelli la danseuse étoile, tout le corps de ...., le régisseur,   les   collaborateurs   du   pauvre ...., le ...., les habilleuses, les ...., tout le monde est consterné par la terrible nouvelle. Décidément l'Opéra n'a pas encore fini de .... ! Les .... déjà las d'écouter l'absurde et tenace ...., voilà maintenant cette mort brutale ! Que se passe-t-il dans notre .... temple de l'art ?
.... (qui ont donné leur .... a quelques semaines) n'ont pas voulu relâcher de ....

15

À la barre

Quelques indicateurs de temps.

en   indique le temps nécessaire pour faire une action.
              La sinistre nouvelle se répand **en** *un moment.*

dans   indique le temps après lequel a lieu une action.
              Dans *cinq minutes le rideau va se lever.*

depuis   indique le moment où commence une action dans le passé
              ou la durée d'une action qui continue dans le présent.
              Depuis *des mois les petits rats parlent du fantôme.*

il y a   indique le moment précis à partir duquel une action a
              eu lieu dans le passé.
              Les directeurs ont donné leur démission **il y a** *deux mois.*

pendant   indique la durée d'une action dans son déroulement.
              Pendant *la fête d'adieu on a levé les verres à la santé
              du fantôme.*

3 Un autre journal propose un article sur les derniers événements de la chronique parisienne. Complétez.

Une bonne nouvelle est arrivée à la rédaction de notre journal .... une heure. MM. Debienne et Poligny à la direction de l'Opéra .... de nombreuses années passent les consignes officiellement .... quelques heures à MM. Moncharmin et Richard. Quel soulagement ! .... des mois, la rumeur publique alimente la fable d'un squelette en habit, amateur d'œuvres lyriques, qui circule imperturbable dans les couloirs de l'Opéra. Eh oui ! Parmi les illustres habitués de notre Académie Nationale de la danse et de la musique, un fantôme raffiné apparaît .... les spectacles. Notre journal a dénoncé

.... longtemps déjà, le peu de sérieux des deux directeurs démissionnaires.

L'optimisme et le soulagement ont rempli les salons parisiens et les milieux bien informés .... un instant ! L'Opéra devenu une baraque de marionnettes .... trop de saisons va enfin retrouver, espérons .... peu de temps, sa vocation et sa dignité !

Vocalises

4 Inventez un texte pour l'affiche d'un spectacle chorégraphique.

DELF

Vers l'Unité A1 : épreuve écrite.

5 Écrivez un billet d'invitation des directeurs de l'Opéra au personnel et aux artistes, pour leur fête d'adieu.

....

Entracte

6 Complétez à l'aide des lettres indiquées et des définitions les bandes horizontales.

1. C'est le métier de Madame Giry.
2. Celle du fantôme est masculine.
3. C'est la cérémonie de départ.
4. C'est le personnage mystérieux de l'Opéra.
5. Il apprend à chanter.
6. Il sert à passer d'un étage à un autre étage.
7. Ce sont des pièces longues et étroites.
8. Messieurs Debienne et Poligny.

9. C'est là qu'a lieu la cérémonie d'adieu.
10. Celle du fantôme a le numéro 5.
11. Il annonce à la Sorelli la mort de Joseph Buquet.
12. Des os sans la peau ni les muscles.
13. C'est le métier de Buquet.
14. Celui du fantôme est noir.
15. La petite Jammes l'entend derrière la porte.

1. ☐☐**V**☐☐☐☐☐
2. ☐☐☐**X**
3. **F**☐☐☐☐☐☐☐☐☐☐☐
4. ☐☐☐☐☐**M**☐
5. ☐**A**☐☐☐☐☐☐☐☐☐☐
6. ☐☐☐☐☐**I**☐☐
7. **C**☐☐☐☐☐☐☐☐
8. ☐☐☐☐☐☐☐**R**☐
9. ☐**O**☐**E**☐
10. ☐☐**G**☐☐
11. ☐☐☐☐**S**☐**U**☐
12. ☐☐☐☐☐☐**T**☐☐
13. ☐**H**☐☐☐☐☐☐☐☐☐☐☐
14. ☐☐**B**☐☐
15. ☐☐☐☐☐☐☐☐☐☐

CHAPITRE 2

L'invité Singulier

C hristine Daaé est une révélation pour le public, ce soir ! dit le comte Philippe de Chagny à son jeune frère Raoul. Raoul a vingt ans de moins que son frère. Orphelin [1], Raoul a été élevé à Brest [2] par sa tante, la veuve [3] d'un marin. Le jeune homme a le goût de la mer. Il doit participer à l'expédition officielle du *Requin* [4] qui a pour mission de rechercher dans les glaces du pôle les survivants [5] de l'expédition du *d'Artois* qui ne donnent plus de nouvelles depuis trois ans.

---

1. **orphelin** : sans père ni mère.
2. **Brest** : port de Bretagne.
3. **veuve** : son mari est mort.
4. **requin** : poisson puissant, terreur des océans.
5. **survivant** : personne qui n'est pas morte pendant une catastrophe.

Le Fantôme de l'Opéra

Le jeune vicomte regarde Christine, pâle, prête à tomber.
La salle entière applaudit debout. Christine pleure sous les
ovations et soudain elle s'écroule [1] dans les bras de ses camarades.
On transporte la cantatrice dans sa loge. Raoul écarte d'une épaule
solide les spectateurs et se dirige vers la loge de Christine.

Le docteur est auprès d'elle. Raoul, rouge d'émotion entre. Il
est inquiet. Il dépose un baiser sur la main de la diva [2]:

– Qui êtes-vous, Monsieur ?

– Mademoiselle, mon nom est Raoul de Chagny. Vous rappelez-
vous ? J'ai ramassé [3] votre écharpe [4] dans la mer, il y a longtemps.

Christine regarde Raoul sans répondre.

Le docteur quitte la loge pour laisser reposer la jeune fille et il
entraîne Raoul. [5]

Le jeune homme attend dans un coin du corridor. Ce soir, il
désire déclarer son amour à Christine. Quand le corridor est enfin
vide, il s'approche de la loge. À l'intérieur, une voix autoritaire
d'homme dit :

– Christine il faut m'aimer !

– Mais je chante seulement pour vous ! Chaque soir mon âme
est pour vous !

Soudain la porte s'ouvre. Raoul a juste le temps de se cacher [6].

1. **s'écrouler** : tomber.
2. **diva** : l'artiste la plus importante.
3. **ramasser** : prendre par terre.
4. **écharpe** : étoffe qui se porte autour du cou ou sur les épaules.
5. **il entraîne Raoul** : il fait sortir Raoul avec lui.
6. **se cacher** : se dissimuler

Le Fantôme de l'Opéra

Christine, enveloppée dans des fourrures, sort. Elle est seule. Raoul regarde la porte. Qui va sortir après elle ? La porte reste fermée. Il pénètre alors dans la loge de la diva. L'obscurité est profonde.

    – Qui êtes-vous ? demande le jeune homme. Il fait craquer une allumette [1]. Il n'y a personne dans la loge.

    Tout le monde a rendez-vous dans le foyer de la danse. La Sorelli attend, une coupe [2] de champagne à la main. Elle doit faire un bref discours devant les directeurs. Soudain la petite Jammes s'écrie, terrifiée :

    – Le fantôme de l'Opéra ! et elle désigne du doigt parmi les invités en habits noirs, un visage pâle, lugubre et laid [3], avec des trous noirs à la place [4] des yeux.

    Les invités se retournent mais le fantôme n'est plus là.

---

1. **craquer une allumette** : faire s'enflammer une allumette.
2. **coupe** : verre large, à pied.
3. **laid** : horrible.
4. **à la place** : qui remplace.

Pour s'échauffer

1 Dites si c'est vrai (V) ou faux (F).

	V	F
1. Raoul est plus jeune que Philippe.	☐	☐
2. Raoul a été élevé en Bretagne.	☐	☐
3. Christine Daaé est une actrice.	☐	☐
4. Les camarades de Christine transportent la jeune fille à l'infirmerie.	☐	☐
5. Christine sort de sa loge avec un homme.	☐	☐
6. Mademoiselle Sorelli boit du champagne dans une flûte.	☐	☐
7. Le fantôme est présent lui aussi à la fête d'adieu.	☐	☐

Vocalises

2 Quels sont les titres qui peuvent s'appliquer à Christine ?

choriste   ténor   étoile   figurante

chanteuse lyrique   actrice   baryton   chanteuse de variétés

cantatrice   diva   comédienne

prima donna   vedette   artiste   soprano

Entracte

3 En vous aidant des symboles, découvrez la phrase mystérieuse puis retrouvez les deux expressions familières cachées dans cette phrase et donnez leur définition.

✫ = ou	■ = ne	★ = me	✺ = b
✛ = ch	★ = an	➠ = u	➜ = en
✳ = ri	❆ = e	☐ = ero	☆ = p
☆ = s	✳ = c	● = le	▼ = t
○ = om	❉ = d		

1. ....
....

2. ....
....

24

CHAPITRE 3

Le cahier des Charges

À l'étage supérieur, les directeurs démissionnaires attendent leurs successeurs, Messieurs Moncharmin et Richard, pour le souper [1] organisé en leur honneur.

Les directeurs démissionnaires sont gais [2] et le souper est joyeux.

Monsieur Debienne donne aux deux nouveaux directeurs

1. **souper** : dîner.
2. **gai** : joyeux.

Le Fantôme de l'Opéra

deux clefs minuscules : ce sont les passe-partout qui ouvrent les nombreuses portes de l'Académie Nationale de la danse et de la musique. Soudain l'attention des invités se pose sur la figure pâle et fantastique déjà apparue [1] à la petite Jammes dans le foyer de la danse.

Le fantôme est là parmi les convives [2] mais il ne mange pas et il ne boit pas. Il déclare :

– La mort de ce pauvre Buquet n'est peut-être pas naturelle.

Debienne et Poligny sursautent.

– Buquet est mort ? s'exclament les deux hommes ensemble. Ils regardent alors vers le fantôme et deviennent blancs comme la nappe [3].

Les deux nouveaux directeurs commencent à rire car ils pensent à une mise en scène, à une farce d'adieu. Les ex-directeurs invitent leurs successeurs à passer un moment dans le bureau directorial. Là, ils conseillent vivement à leurs collègues de changer les serrures des portes. Monsieur Richard veut jouer le jeu [4]. Il déclare :

– Mais qu'est-ce que veut donc notre fantôme ?

Alors Monsieur Debienne sort un cahier des charges [5] rempli à l'encre noire à l'exception d'un petit paragraphe ajouté à la

---

1. **apparue** : participe passé du verbe *apparaître*.
2. **convive** : invité.
3. **nappe** : tissu qui recouvre une table.
4. **jouer le jeu** : participer à la farce.
5. **cahier des charges** : document fixant les modalités d'un marché.

Le cahier des Charges

fin, écrit à l'encre rouge, d'une écriture bizarre et tourmentée.

Monsieur Debienne explique très sérieusement que le fantôme exige une indemnité de 240 000 francs et une loge exclusivement réservée pour lui : la loge numéro 5 très exactement.

Il montre les lignes écrites à l'encre rouge. Les nouveaux directeurs trouvent la plaisanterie [1] très drôle [2].

Les premiers jours, les deux nouveaux directeurs sont tout à la joie [3] de se sentir les maîtres absolus de l'Académie Nationale de la danse et de la musique et ils oublient l'histoire comique des revendications du fantôme.

Monsieur Richard, arrivé à onze heures à son bureau, prend le courrier. L'adresse écrite à l'encre rouge sur une enveloppe attire son attention. Il déchire l'enveloppe et lit :

1. **plaisanterie** : farce, jeu.
2. **drôle** : comique.
3. **sont tout à la joie de...** : ils n'éprouvent encore que la joie de...

27

Le Fantôme de l'Opéra

Mon cher directeur,

Vous êtes libre d'administrer l'Opéra comme vous voulez mais je souhaite voir Christine Daaé dans le rôle principal. Depuis son triomphe de l'autre soir, elle est mise à l'écart. Pourquoi ?

Je souhaite également trouver toujours ma loge libre comme convenu déjà avec Messieurs Debienne et Poligny, vos prédécesseurs. Vous voulez vivre en paix à l'Opéra ? Alors je dois avoir ma loge !

Votre humble serviteur

F. de l'Opéra.

Pour s'échauffer

1 **Répondez aux questions.**

1. Qui sont Messieurs Moncharmin et Richard ?
    ....
    ....

2. À quoi servent les passe-partout qui leur sont donnés ?
    ....
    ....

3. Que déclare le fantôme de l'Opéra au cours du souper ?
    ....
    ....

4. Quelles sont les revendications du fantôme de l'Opéra ?
    ....
    ....

5. Sur quoi les a-t-il écrites ?
    ....
    ....

6. Les nouveaux directeurs prennent-ils tout cela au sérieux ?
    ....
    ....

7. Qui reçoit très vite une lettre du fantôme de l'Opéra ?
    ....
    ....

8. Que demande le fantôme de l'Opéra dans cette lettre ?
    ....
    ....

DELF

Unité A1 : épreuve écrite.

2 Écrivez un bref texte à afficher sur les portes d'un théâtre pour annoncer que la représentation n'aura pas lieu, à cause d'un imprévu que vous inventerez, en invitant également le public à se présenter à la prochaine représentation.

Entracte

3 Grâce aux définitions remplissez la grille de 1 à 11, puis complétez la phrase proposée avec les mots trouvés de 1 à 11.

1. Un spectacle de clown.
2. Le contraire d'inférieur.
3. Le repas du soir.
4. Un « au revoir » solennel.
5. En hommage à une personne.
6/7. Noms de famille des nouveaux directeurs.

8. Il est invité à un repas.
9. Un lieu de rencontre, de réunion.
10. Un visage sans couleur.
11. L'habitant illustre de l'Opéra.

Non, ce n'est pas une **1** .... À l'étage **2** ....,
pendant le **3** .... d'**4** .... en l'**5** .... de
MM. **6** .... et **7** ...., le **8** .... déjà
rencontré au **9** ...., **10** .... comme tout
11 .... qui se respecte, est là, lui aussi.

CHAPITRE 4

La loge numéro 5

oncharmin entre à ce moment précis dans le bureau de son collègue, une lettre semblable à la main.

— La plaisanterie continue, dit Monsieur Richard mais maintenant elle n'est plus drôle ! Qu'est-ce qu'ils veulent, nos deux prédécesseurs, une loge pour ce soir ? Ils s'intéressent beaucoup à Christine Daaé, ne trouvez-vous pas ?

Le lendemain il y a dans le courrier, une carte de remerciement :

Merci. Charmante soirée. Christine exquise. Messieurs Debienne et Poligny ont réglé le reste de la somme encore due, jusqu'à leur départ.

F. de l'O.

La loge numéro 5

Il y a aussi sur le bureau une lettre des anciens directeurs. Ils remercient beaucoup mais refusent d'entendre une fois encore un opéra cent fois entendu et surtout d'occuper la loge n°5 pour la raison déjà exposée dans leur bureau. Monsieur Richard est agacé [1]. Vraiment les anciens directeurs exagèrent ! Le soir même, la loge n°5 est louée [2]. Le surlendemain un des directeurs trouve sur son bureau un rapport de la police à propos des incidents survenus lors de cette soirée :

... Au début du deuxième acte, l'assistance a entendu des rires et des réflexions déplacées [3] provenant de la loge n°5. La salle a commencé à protester à cause de ce tapage [4] et nos services interpellés ont envoyé un garde municipal pour faire évacuer la loge et pour rétablir l'ordre. Les occupants de la loge n°5 ont protesté à leur tour car une « voix sans personne » a déclaré à leur arrivée dans la loge : « cette loge est occupée »...

— Comment est-ce possible ? se demande Monsieur Moncharmin. Il fait venir Madame Giry, l'ouvreuse, qui, elle,

---

1. **agacé** : irrité.
2. **loué** : mis à la disposition du public contre de l'argent.
3. **réflexion déplacée** : phrase inconvenante.
4. **tapage** : grand bruit.

Le Fantôme de l'Opéra

n'est pas surprise, car la loge n°5 est la loge du fantôme !

– Du fantôme Madame Giry, vous insistez ?

L'autre directeur debout derrière l'ouvreuse, regarde son collègue assis au bureau et se frappe le front avec un index.

Madame Giry commence à raconter.

– Tout est vrai Monsieur le Directeur ! Messieurs Debienne et Poligny savent tout ça. Ils ne se sont jamais étonnés. Il ne faut pas embêter [1] le fantôme !

– Vous connaissez bien le fantôme naturellement Madame Giry ? demande Moncharmin ironique.

– Oui très bien. Il arrive en général vers le milieu du premier acte, il frappe trois petits coups à la porte de la loge n°5. Il a une belle voix douce et il est très poli [2]. Il me laisse toujours un pourboire [3] sur la tablette de la loge.

Les deux directeurs décident d'aller faire un petit tour du côté de la loge n°5, un de ces soirs.

1. **embêter** : *fam.*, irriter, importuner.
2. **poli** : courtois, bien élevé.
3. **pourboire** : petite somme d'argent qu'on laisse comme récompense.

La loge numéro 5

Pour s'échauffer

1 Après avoir lu le chapitre, complétez le texte suivant.

.... qui a vu la veille entrer dans son bureau
.... avec une .... du fantôme à la
................., trouve que la .... a assez duré. Vraiment
leurs .... MM. Debienne et Poligny .... et ils
ne sont plus .... Mais ce n'est pas fini ! Dans le ....
du matin un des deux directeurs .... non seulement un
.... message du .... mais aussi un billet de
.... des anciens .... qui .... cependant
d'................ encore une fois un .... souvent .... et
surtout qui ne .... pas .... la .... du fantôme.
................, les directeurs donnent l'ordre de .... la loge
numéro 5. Un épisode inadmissible a alors lieu deux jours ....
.... au cours d'une représentation. Un .... municipal
.... par la police fait .... la loge 5 mais les
.... car ils ne sont pas responsables des
.... ni des .... C'est une .... – sans
personne – qui est responsable. Monsieur Moncharmin probablement
absent ce soir-là ainsi que son collègue convoque Madame ....
L'................ donne très .... à Monsieur ....
beaucoup de renseignements sur les habitudes du ....

Dans les coulisses

2 Écoutez et choisissez.

Peu à peu, la salle est plongée dans *la pénombre / l'ombre* et le silence
envahit / remplit le parterre. Le rideau *se lève / se soulève* lentement.
La chanteuse / La cantatrice est là, au milieu *de l'avant-scène / de la
scène*, immobile, sous *les lumières / les projecteurs*. Elle semble
petite / menue devant le palais mauresque du décor. Dans *la coulisse /
les coulisses* les machinistes sont à leur *poste / place* prêts pour
changer le *chameau / château* en désert.

Dans la salle, *les habilleuses / les ouvreuses* ont disparu. Dans la loge de *la prima donna /la diva, l'habilleuse et la maquilleuse / la maquilleuse et la costumière* écoutent elles aussi la voix divine qui serpente à travers *les couloirs / les corridors* et les *escaliers / vestibules* de marbre. Aux *balcons /galeries* on n'observe plus à travers les jumelles, les *diamants /bijoux* au cou et aux oreilles des dames. On écoute envoûté. Les *amateurs / spectateurs* en habit noir, sont venus ce soir pour elle. La voix de rossignol monte sous le grand *lustre /plafond*, fait frissonner le *cristal / public*, fait trembler le régisseur. Les *habitués / spectateurs* du poulailler sont immobiles *de ravissement / d'enchantement*. Ils se rappelleront toujours, quand ils seront notaires, avocats ou *pharmaciens / médecins* de cette soirée *splendide / sublime*. La voix s'élève encore. Quand la voix s'arrête, la salle *envoûtée / enchantée* oublie de se précipiter dans *le foyer / l'escalier*.

À la barre

La forme interrogative avec inversion du sujet.

C'est la forme interrogative du langage soutenu.

1. Le sujet est un pronom personnel. Il se place après le verbe (ou l'auxiliaire), relié par un tiret.
   - **Voulez-vous** rencontrer un fantôme ?
   - Oui mais **faut-il** aller à l'Opéra pour cela ?

2. Si le sujet est **il, elle** ou **on** et si le verbe se termine par une voyelle, on doit mettre un **t** euphonique entre le verbe et le sujet.
   - Loue-**t**-on une loge pour voir la diva ou le fantôme ?

3. Si le sujet est un nom, il reste devant le verbe mais il est repris par un pronom équivalent après le verbe.
   - Et puis d'abord, le fantôme **est-il** le seul à aimer l'opéra ?

4. Avec les adverbes interrogatifs **quand, pourquoi, combien, comment, où**, on doit faire l'inversion.
   - **Quand** le fantôme décide-**t-il** de venir au spectacle ?
   - **Où** les petits rats ont-**ils** rencontré le fantôme ?

La forme interrogative-négative.

On peut formuler l'interrogation à la forme négative.
- *Ne voulez-vous pas rencontrer un beau fantôme ce soir ?*
- *N'ai-je pas dit que les fantômes, beaux ou laids, n'existent pas ?*

---

3 **Complétez la conversation suivante en mettant à la forme interrogative les verbes entre parenthèses.**

- (Nous ne nous sommes pas) .... déjà rencontrés quelque part, Mademoiselle ?
- Pourquoi les inconnus (ils doivent) .... toujours demander cela ?
- Nos deux routes se sont déjà croisées, (vous ne pensez pas) ... . ?
- Non. Comment (on peut) .... se connaître ? (Vous n'êtes donc pas) .... d'ici ?
- Mais si et vous, cher ange, où (vous habitez) .... ? Et d'abord comment vous (vous appelez) .... ?
- Stella !
- Pourquoi (on ne sort pas) .... sur la terrasse ? (Nous ne pouvons pas) .... observer les étoiles, loin de ce fracas ? (Vous connaissez) .... cette étoile là-bas ?
- Oui, j'habite là-bas ! Elle est au nord !
- Non pourquoi (vous dites) .... cela. Ce n'est pas un nom d'étoile, Éléonore !
- Non mais c'est là que j'habite, sur cette étoile, elle est au nord !
- ...
- Eh bien où (vous allez) .... Monsieur ? Où (vous courez) .... comme ça ? Cette étoile, (elle n'est pas) .... au Nord ?

Vocalises

4 **Trouvez un verbe de la famille des mots proposés.**

1.	plaisanterie	....	5.	courrier	....
2.	ouvreuse	....	6.	directeur	....
3.	habilleuse	....	7.	occupants	....
4.	prédécesseurs	....	8.	index	....

Entracte

5 **Voici le plan du rez-de-chaussée de l'Opéra.**
Retrouvez le nom des parties qui correspondent aux définitions.

1. ☐ Elle donne accès à l'Opéra.
2. ☐ L'emplacement où les acteurs paraissent devant le public.
3. ☐ L'endroit où les petits rats s'échauffent.
4. ☐ Le Fantôme occupe la n° 5.
5. ☐ Parties situées sur les côtés de la scène.
6. ☐ Hall situé après l'entrée.
7. ☐ Ils mènent aux loges.

A. Entrée.
B. Vestibule.
C. Grands escaliers latéraux.
D. Loges.
E. Scène, au premier étage.
F. Salle de répétition.
G. Coulisses.

CHAPITRE 5

L'ange de la Musique

epuis son triomphe de l'autre jour, Christine évite de se montrer en public. Elle semble épouvantée par le battage [1] fait autour de sa personne. Sa réserve irrite les journalistes. Raoul ne réussit plus à approcher la diva. Un jour cependant, il reçoit un message :

Je n'ai pas oublié le petit garçon qui a ramassé mon écharpe. Je pars pour Perros-Guirec [2] car demain c'est l'anniversaire de la mort de mon père et je vais, tous les ans, à cette date, au cimetière.

Raoul se précipite à la gare Montparnasse [3]. Pendant le trajet,

1. **battage** : publicité.
2. **Perros-Guirec** : ville de Bretagne.
3. **gare Montparnasse** : ancienne gare démolie en 1967, dans le 14e arrondissement de Paris.

L'ange de la Musique

il se souvient [1]. Il revoit les vacances à Perros-Guirec, Christine la petite fille blonde venue de Suède [2], son écharpe tombée dans la mer, le grand violoniste Daaé, les légendes scandinaves, l'ange de la musique, la bonne Madame Valérius, leur vieille amie qui habite maintenant à Paris. Et puis Raoul et Christine devenus grands, leur amour impossible parce qu'un vicomte de Chagny ne peut pas se marier avec une jeune fille pauvre comme Christine !

À l'auberge du *Soleil-Couchant*, l'unique auberge de Perros-Guirec, la patronne accueille Raoul avec joie. Oui ! Elle se souvient de Raoul ! Soudain la porte s'ouvre. Christine est là. Elle sourit et regarde tendrement Raoul.

– Pourquoi est-ce que vous n'avez rien dit dans votre loge ? C'est à cause de lui ? demande Raoul.

– Lui ?

– Oui, j'ai entendu la voix d'un homme dans votre loge. Qui est cet homme ?

Christine devient pâle.

– Cher Raoul, c'est l'ange de la musique mais c'est un secret !

– Christine ! L'ange de la musique est seulement une légende racontée par votre père ! Il n'existe pas !

– Si, l'ange de la musique vient tous les jours me donner des leçons de chant. Ce n'est pas un homme !

– Christine, vous vous moquez de moi !

1. **il se souvient** : il revoit le passé.
2. **Suède** : pays de Scandinavie.

Le Fantôme de l'Opéra

Christine, offensée, ne descend pas pour le dîner. Vers onze heures et demie du soir, elle quitte l'auberge furtivement et se dirige vers le cimetière. Raoul suit la jeune fille au milieu des tombes couvertes de neige. Soudain Christine s'arrête et regarde, immobile, vers le ciel. Elle s'agenouille [1] dans la neige et prie. Le douzième coup de minuit sonne à la petite église. Une musique céleste s'élève dans les airs, sans musicien, sans violon. Raoul écoute sans comprendre. Il se rappelle l'admirable mélodie *La résurrection de Lazare*, la mélodie préférée de Monsieur Daaé. Immobile, il écoute extasié.

Derrière une tombe, une tête de mort observe le jeune homme. Soudain il ressent une violente douleur à la tête. Le lendemain matin, on retrouve le jeune homme évanoui [2] devant l'autel [3] de la petite église.

1. **s'agenouiller** : se mettre à genoux.
2. **évanoui** : tombé sans connaissance.
3. **autel** : table sacrée.

Pour s'échauffer

1 **Dites si c'est vrai (V) ou faux (F).**

	V	F
1. Christine se rend en Bretagne en vacances.	☐	☐
2. Christine et Raoul logent dans le même hôtel.	☐	☐
3. Les deux jeunes gens se rendent au cimetière.	☐	☐
4. On entend une musique qui s'élève dans le ciel.	☐	☐
5. C'est une mélodie pour violoncelle.	☐	☐
6. Derrière une tombe Christine observe Raoul.	☐	☐
7. Raoul reçoit un violent coup sur la tête dans l'église.	☐	☐

Entracte

2 **Trouvez grâce aux définitions, les mots du rébus puis les phrases de circonstance à dire à la tête de mort.**

1. – Forme interrogative de c'est : .... .
   – 10F le kilo ou le Nobel : .... .
2. – Conjonction de coordination : .... .
   – Pronom personnel sujet, deuxième personne du singulier : .... .

3. – Sixième note : .... .
4. – Septième note : .... .
5. – Assassinée : .... .
6. – Sixième note : .... .
7. – Il tape trois coups : il .... .
8. – Avant deux : .... .
9. – Entre la tête et les épaules : .... .

1＿ ＿ ＿ ＿ ＿   2＿ ＿ - ＿ ＿   3＿ ＿ ?

4＿ ＿   5＿ ＿   ＿ ＿   6＿ ＿ ,   7＿ ＿ ＿ ＿ ＿

8＿ ＿   9＿ ＿ ＿ ＿ !

44

CHAPITRE 6

La mort Rouge

Le samedi matin, en arrivant dans leur bureau, les directeurs trouvent une lettre du fantôme.

Mes chers directeurs,

Voulez-vous la guerre ou voulez-vous la paix ?

Si vous voulez la paix alors :

1 – Rendez-moi ma loge !

2 – N'appelez pas Carlotta ! Le rôle de Marguerite est à Christine.

3 – Indiquez dans une lettre laissée dans ma loge, votre accord sur mon indemnité annuelle !

À bon entendeur salut !

F. de l'O.

 Le Fantôme de l'Opéra

— Eh bien il m'embête maintenant ce fantôme ! hurle Monsieur Richard, rouge de colère, en laissant tomber ses poings sur son bureau. On va voir !

Les deux directeurs décident non seulement de confirmer Carlotta, la rivale de Christine, dans le rôle de Marguerite mais aussi d'assister à la soirée dans la loge n°5.

Le premier acte se passe sans incident, Carlotta est merveilleuse. Tout à coup, arrivée à « l'air de Marguerite [1]» précisément, un énorme couac [2] sort de sa gorge. Carlotta s'arrête consternée. Le public, debout, hurle. Les deux directeurs se regardent d'abord atterrés par l'horrible fausse note puis terrifiés par un rire affreux dans la loge. En effet, un rire provient du fauteuil [3] de droite, un fauteuil vide !

Ils regardent la foule du parterre [4]. Soudain dans le vacarme [5] et le désordre, l'énorme lustre [6] de cristal se décroche [7] et va s'écraser [8] sur les spectateurs du parterre.

1. **air de Marguerite** : extrait de *Faust* de Goethe, musique de Gounod.
2. **couac** : onomatopée pour rendre le son de la fausse note.
3. **fauteuil** : siège confortable.
4. **parterre** : partie du rez-de-chaussée dans la salle de théâtre.
5. **vacarme** : grand bruit.
6. **lustre** : système d'éclairage suspendu.
7. **se décrocher** : se détacher.
8. **s'écraser** : tomber par terre et se casser en petits morceaux.

Le Fantôme de l'Opéra

Depuis cette soirée funeste, Christine est introuvable. Raoul désespéré se rend chez Madame Valérius pour avoir des nouvelles.

— Mais mon cher Raoul, elle est avec son bon génie de la musique. Je ne sais pas où, Christine n'a rien dit.

— Son bon génie ?

— Mais l'ange de la musique !

Le vicomte de Chagny consterné tombe dans un fauteuil. L'ange de la musique ! Raoul se rappelle les propos de Christine sur le génie.

Madame Valérius continue :

— Vous aimez Christine mais Christine n'est pas libre...

— Christine est fiancée ? demande Raoul d'une voix étranglée [1].

— Mais non, elle n'est pas fiancée mais elle ne peut pas se marier, à cause du génie de la musique. Il ne veut pas !

— Le génie de la musique ne veut pas ? s'exclame Raoul abasourdi [2].

— Christine est avec le génie de la musique. Elle ne peut voir personne car il est très jaloux.

Inconsolable Raoul rôde [3] autour de l'Opéra.

Il fait un froid de loup. Les rues sont désertes et très éclairées sous la lune.

---

1. **voix étranglée** : voix qui sort difficilement à cause de l'émotion.
2. **abasourdi** : trop surpris pour comprendre.
3. **rôder** : *ici*, marcher sans but précis.

La mort Rouge

Une voiture vient au pas et arrive à sa hauteur. Une femme penche sa tête à la portière. Dans l'ombre du coupé [1] on aperçoit la silhouette vague d'un passager.

– Christine ! crie Raoul mais la vitre est relevée brusquement et le cheval part au galop.

Raoul appelle encore, se met à courir derrière le coupé puis s'arrête, désespéré, dans le silence glacial de la nuit.

Le lendemain il reçoit un billet. C'est l'écriture de Christine. L'enveloppe est pleine de boue [2]. Un passant a trouvé la lettre sur le trottoir de l'Opéra.

Je vous attends après-demain au bal masqué de l'Opéra, dans le foyer. Mettez un domino [3] blanc et un masque. Gardez bien le secret. Christine.

Le soir du rendez-vous, Raoul impatient attend déguisé [4] en domino blanc, le visage caché par un masque. Un domino noir s'approche [5] et prend rapidement sa main. C'est elle. Raoul suit le domino noir. Dans le foyer, des masques sont réunis autour d'un personnage au chapeau à plumes et au vêtement écarlate.
« C'est la mort rouge » murmurent les autres masques.
Christine entraîne Raoul en silence. Ils montent deux étages. Le personnage rouge suit Christine et Raoul.

---

1. **coupé** : type de voiture.
2. **boue** : terre mélangée avec l'eau.
3. **domino** : vêtement long, à capuchon.
4. **déguisé** : travesti.
5. **s'approche** : vient près de lui.

Pour s'échauffer

1 **Corrigez les inexactitudes dans le texte suivant.**

Un matin vers la fin de la semaine, un des directeurs lit sur un mur,
....
un message laissé par le fantôme. Sur ce papier, le fantôme redit ses
....
exigences. Les directeurs acceptent de contenter le fantôme en
....
appelant Christine pour le rôle de Marguerite et en payant chaque
....
année le montant convenu. D'autre part, ils décident d'assister au
....
spectacle de la loge n°5. L'interprétation de la cantatrice est parfaite
....
et la soirée est un succès, excepté l'épisode du grand lustre qui
....
tombe sur la scène.
....
Après cette soirée on n'entend plus parler de Christine. Raoul va
....
rendre visite à leur vieille amie commune pour avoir des nouvelles.
....
Il apprend ainsi que Christine est dans un lieu inconnu, avec l'ange
....
de la danse. Désespéré, Raoul marche dans les rues de Paris et un
....
soir il croise une voiture à cheval dans laquelle il y a Christine,
....
seule. Le coupé continue cependant sa route sans s'arrêter. Le jour
....
suivant, il reçoit une lettre dans laquelle la jeune fille lui donne
....
rendez-vous pour le soir du surlendemain.
....

Vocalises

2 Parmi les adjectifs proposés et en relisant aussi les chapitres précédents, faites le portrait de Christine et de Raoul. N'oubliez pas de mettre au féminin les adjectifs qui s'appliquent à Christine.

> coléreux   arrogant   modeste   obstiné
> susceptible   injuste   courageux   curieux
> jaloux   tendre   distrait   désespéré   grave
> heureux   pieux   timide   réservé   décidé
> doux   impatient   mystérieux   discret
> malheureux   peureux   secret   soupçonneux

Raoul est	Christine est
....	....
....	....
....	....
....	....
....	....
....	....
....	....
....	....
....	....
....	....

Choisissez pour chaque personnage, un défaut ou une qualité et expliquez pourquoi.

ex. Christine est... parce que...

3 **Choisissez votre personnage.**

1. Vous êtes un habitué de l'Opéra, vous avez un abonnement depuis
    des années et votre nouvelle voisine de parterre vous dérange.
    Écrivez une lettre à la direction et expliquez les raisons de votre
    mécontentement et vos souhaits.

    ....
    ....

2. Vous êtes la voisine d'un vieil habitué de l'Opéra. Ce vieil abonné
    est parfaitement antipathique avec vous. Vous écrivez une lettre à la
    direction pour expliquer les raisons de votre mécontentement et
    votre requête.

    ....
    ....

3. Vous êtes le directeur de l'Opéra National de musique et vous
    proposez à un vieux spectateur mécontent, dans une lettre une
    solution pour lui rendre sa bonne humeur.

    ....
    ....

4. Vous êtes ouvreuse à l'Opéra de Paris et vous expliquez à une
    collègue pourquoi un vieil habitué du parterre et sa voisine se sont
    disputés l'autre soir. Vous pouvez raconter l'épisode sous forme de
    dialogue entre les deux spectateurs.

    ....
    ....

CHAPITRE 7

Les Fiançailles

Christine ouvre la porte d'une loge et fait signe de garder le silence, un doigt sur la bouche. Les jeunes gens voient passer la silhouette écarlate. Raoul en colère veut interpeller le masque rouge mais Christine retient le jeune homme.

— Cet homme est donc important pour vous Christine ? Est-ce votre génie de la musique ? Christine ne mentez pas !

Pâle, Christine répond d'une voix douce :

— Vous êtes injuste Raoul ! Au nom de notre amour, comprenez !

— Notre amour, Christine ! Vous plaisantez ?

Christine, blessée, quitte la loge sans un mot et disparaît dans l'obscurité d'un couloir.

Le Fantôme de l'Opéra

Raoul plein de remords cherche la jeune fille au foyer et à tous les étages.

Il arrive devant la loge de Christine. Il entre. La loge est déserte, une bougie [1] brûle sur un petit bureau acajou [2]. Il y a aussi du papier à lettres sur le bureau. Raoul désire écrire à la jeune fille, il a tant de questions à poser et Christine a tant de choses à expliquer. On entend des pas dans le corridor. Le jeune homme se cache dans le petit boudoir [3] séparé de la loge par un simple rideau.

Christine entre, retire son masque, soupire et laisse tomber sa belle tête entre ses mains. Elle semble épuisée.

Raoul derrière le rideau tremble quand il entend la jeune fille murmurer : « pauvre Érik ». Christine se met à écrire ; tout à coup elle dresse [4] la tête et cache les feuilles dans son corsage [5]. Elle semble écouter. Raoul aussi écoute. Il entend un bruit bizarre, un rythme lointain puis cela devient un chant sourd qui vient des murailles. La voix s'approche toujours. C'est une belle voix d'homme, captivante et douce. La voix est maintenant dans la pièce !

– Me voici Érik, je suis prête, dit Christine. Vous êtes en retard.

1. **bougie** : cylindre de cire pour éclairer une pièce.
2. **acajou** : bois précieux. *Ici*, la couleur rougeâtre de ce bois.
3. **boudoir** : sorte de petit salon.
4. **dresser** : lever.
5. **corsage** : chemise de femme.

Les Fiançailles

Raoul regarde prudemment derrière le rideau. La physionomie de Christine s'éclaire, elle a un sourire très doux sur les lèvres. Raoul écoute la voix de ce mystérieux et invisible maître. Il est lui aussi envoûté par la voix captivante. Il voit Christine tendre les bras vers la voix et marcher comme une somnambule vers le miroir qui prend tout le mur. [1] Elle marche vers son image dans la glace [2], les deux images se touchent. Raoul veut s'approcher, saisir Christine mais un vent glacé passe sur son visage et le jeune homme est repoussé brutalement en arrière, dans un tourbillon [3]. Enfin, tout redevient immobile et au fond de la loge, le miroir ne reflète plus que l'image de Raoul étourdi [4].

1. **prend tout le mur :** recouvre tout le mur.
2. **glace :** miroir.
3. **tourbillon :** déplacement circulaire d'air, d'eau...
4. **étourdi :** comme après un vertige.

Le Fantôme de l'Opéra

Le lendemain soir Raoul revoit Christine à l'Opéra. Elle porte un anneau d'or au doigt. Il annonce son départ pour le pôle. En effet il fait partie de la prestigieuse expédition organisée pour retrouver les restes du navire perdu dans les glaces. Cette expédition est dangereuse. Christine par jeu, dit au jeune homme :

— Fiançons-nous secrètement, pendant un mois, avant votre départ. Pour avoir un beau souvenir en commun, pour toujours !

Ils trouvent ce jeu délicieux. Main dans la main, Christine et Raoul se promènent dans les coulisses, le magasin des accessoires, parmi les décors en trompe-l'œil [1], les cordages, les poulies [2], dans les combles [3].

Christine évite les trappes [4] et les souterrains. Quand Raoul

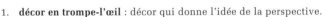

1. **décor en trompe-l'œil** : décor qui donne l'idée de la perspective.
2. **poulie** : roue où passe une corde.
3. **combles** : espaces sous les toits.
4. **trappe** : ouverture dans le plafond ou le plancher.

Les Fiançailles

demande de visiter les dessous de l'Opéra, la jeune fille entraîne
le jeune homme dans les étages supérieurs.

    – Et cette trappe ? demande Raoul. Je n'ai jamais vu les
souterrains de l'Opéra !

    – Il ne faut pas regarder par les trappes. C'est le domaine
d'Érik. On ne doit pas pénétrer dans les souterrains de l'Opéra.
Allons plutôt en haut, sur les toits !

Pour s'échauffer

1 **Répondez aux questions suivantes.**

1. Où est-ce que Christine se cache avec Raoul ? Pourquoi ?
   ....

2. Comment ordonne-t-elle au jeune homme de garder le silence ?
   ....

3. Pourquoi est-ce que la jeune fille quitte précipitamment Raoul ?
   ....

4. Raoul entre dans la loge de Christine. Qu'est-ce qu'il y a sur le bureau ?
   ....

5. Qui arrive dans la loge de Christine ? Que fait le jeune homme ?
   ....

2 **Remettez dans l'ordre les mots proposés. À vous de mettre la ponctuation, en tenant compte également des majuscules.**

Christine   qui   enlève   les feuilles   marche

entend   voit   Érik   alors   ~~dissimulé~~

dans le   miroir   Soudain   le jeune homme

s'assoit   et   écrit   un chant   et   me

dit   voici   son masque   ~~Raoul~~   qui   entre

des murs   cache   une somnanbule   Elle

disparaît   dans le boudoir   comme   Christine

Raoul dissimulé ....
....
....
....
....

Dans les coulisses

3 **Écoutez et complétez cet autoportrait.**

Je suis le fantôme de l'Opéra, sans .... ni ....,
comme ces esprits de l'.................... temps. Je suis ici ....
Parce que j'aime la musique, ... loge au temple
.... Ma tenue .... est ....

Le noir me va si .... Dans les décors en trompe-l'œil, je
.... et je viens et disparais .... clin d'œil.

Les ...., les ...., les ...., tout le
monde a peur ....

.... aussi la mort rouge. En .... et ....
rouge, c'est encore moi, le fantôme de l'Opéra. Pour carnaval je
.... le bal. Qui va .... ?

Je glisse .... un couple de .... ; ils
sont ....

Je suis un fantôme ...., méchant ou bien ....,
selon le .... de Christine, raisonnable ou ....

Les .... disparu mais je connais l'Opéra comme mon salon
et je ...., ... ! Pour .... de ta
leçon !

À la barre

Adjectifs invariables.

1. On ne fait pas l'accord avec les adjectifs de couleur quand
   ils sont :
   a. dérivés de certains noms : *acajou*, *marron*, *orange*, *noisette*,
      crème, *poivre* et *sel*. Attention à l'exception : *rose*.
      Christine a des yeux **noisette**.
      Carlotta a les joues **roses**.

> **b.** composés, c'est-à-dire suivis par un nom ou un adjectif qui apportent une précision : *bleu ciel, bleu foncé, vert pomme, jaune citron...*
> Son écharpe **bleu ciel** est tombée un jour dans la mer.
>
> **2.** Les adjectifs *demi*, *nu* et *ci-joint* restent invariables quand ils précèdent le nom.
> Le spectacle commence dans une **demi**-heure. Il finit à dix heures et demie exactement.

4 **Complétez le texte avec les adjectifs dans l'ordre où ils sont proposés, après avoir fait l'accord, quand il le faut.**

jaune paille   noir   gris anthracite

poivre et sel   noir   marron   rouge cerise

demi   bleu marine   bleu clair   gris foncé

noir   gris perle   bleu   vert pomme

orange   jaune   rose   noir   demi   noir

La petite cantatrice aux cheveux .... regarde désolée le chef d'orchestre. Elle a renversé sa tasse de café .... sur la veste .... et la chemise de son interlocuteur. À cause du trac, elle a tout renversé sur le frac ! Sous ses sourcils ...., le chef d'orchestre lance des regards .... Lui, si gentil d'habitude, avec ses beaux yeux .... comme son père ! La cantatrice, le nez et les joues .... est prête à pleurer. Dans le foyer c'est la consternation ! Où trouver, une .... minute avant le lever du rideau, un habit ? Un machiniste propose sa veste ...., le régisseur sa cravate

.... mais le chef d'orchestre ne porte que des vestes et des
cravates .... ! .... à la rigueur ou .... mais
certainement pas .... ! Pourquoi pas une chemise
........................., une cravate et une cape .... ou .... !
On est à l'Opéra ou au cirque !? Une ouvreuse, aux joues ....
d'émotion déclare timidement qu'elle sait où trouver un habit
.... Elle disparaît dans une loge. Cinq minutes et
.... plus tard, exactement, elle revient triomphalement avec
un habit ...., impeccable. Du parterre, des spectateurs
peuvent entrevoir dans une loge de l'avant-scène, un squelette en
maillot de corps qui écoute ravi l'air de Marguerite.

Vocalises

5 **Dans le magasin des accessoires, des personnages qui ont donné leur nom à des œuvres lyriques, cherchent désespérément un objet indispensable pour leur rôle. Aidez-les.**

1.	Aida	**a.**	un éventail
2.	Guillaume Tell	**b.**	une chaîne
3.	Carmen	**c.**	un instrument à cordes
4.	Le Trouvère	**d.**	un masque
5.	Paillasse	**e.**	une arbalète

Entracte

6 Relisez le chapitre et complétez la grille en vous aidant des couleurs qui indiquent des lettres communes.

1. ☐ ☐ ☐ **R** **I** **D** ☐ ☐   3. ☐ ☐ ☐ ☐ **Q** **U** **E**

    2. **R** **I** **D** ☐ ☐ ☐   4. ☐ ☐ ☐ ☐ **Q** **U** **E**

5. ☐ ☐ ☐ **G** **E**   7. ☐ ☐ ☐ ☐ **O** **I** **R**

    6. **G** **E** ☐ ☐ ☐   8. ☐ ☐ ☐ ☐ **O** **I** **R**

Et maintenant complétez la question mystérieuse à l'aide des mots retrouvés.

Dans le **1**......................., derrière son **4**...................... **5**...........................

ou derrière le **8**....................... le **6**........................... de la

3.......................... sait-il que Raoul regarde Christine, derrière le

2....................... du **7**....................... ?

CHAPITRE 8

La Promesse

Une ombre suit les deux jeunes gens [1]. Ils arrivent sur les toits de plomb, marchent entre les dômes et le fronton triangulaire.

Christine regarde souvent derrière elle. Une ombre glisse sur les toits comme un oiseau et s'arrête quand Christine et Raoul s'arrêtent. Les deux jeunes gens s'assoient sous la statue d'Apollon. Ils sont heureux. Le mois passe.

– Il reste seulement un jour Raoul, dit Christine tristement.

– Partons loin d'ici maintenant. Érik ne peut rien contre nous.

– Érik est très rusé [2] et jaloux. Il connaît les souterrains, il se

1. **les jeunes gens** : *ici*, le jeune homme et la jeune fille.
2. **rusé** : ingénieux.

Le Fantôme de l'Opéra

déplace dans l'obscurité le long de la galerie circulaire qui suit les murailles de l'Opéra et il descend jusqu'au lac.

– Le lac ?

– Oui, il y a sous l'Opéra un grand lac et il se déplace en barque. J'ai été là-bas une fois, dans l'appartement du lac. Il y a une sortie secrète par la rue Scribe [1].

– Dans l'appartement du lac ! s'exclame Raoul. Comment est-ce possible ?

Christine commence à raconter à Raoul comment un soir, seule dans sa loge, elle a soudain une impression étrange, comment la pièce commence à tourner autour d'elle et comment à la place de la glace, il y a un énorme trou noir au fond de la loge. Elle raconte encore au jeune homme comment elle se retrouve dans un passage humide et obscur, éclairé seulement par une faible lumière et comment un homme enveloppé dans un grand manteau noir, un masque sur la figure est près d'elle. Elle veut crier mais l'homme pose sa main sur la bouche de Christine.

– Sa main a l'odeur de... la mort ! Oui ! de... la mort ! Raoul ! Érik porte un masque. On ne doit pas toucher son masque, on n'a pas le droit de regarder son visage. Ce n'est pas un ange, ce n'est pas un génie, ce n'est pas un fantôme, c'est un homme, un homme terrifiant !

---

1. **rue du Scribe** : rue du 9ᵉ arrondissement qui longe l'Opéra.

La Promesse

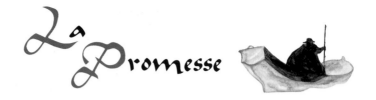

Derrière eux, une ombre écoute.

– Vous détestez cet homme, Christine ?

– Non mais il me fait horreur ! Horreur ! Un jour j'ai regardé sous son masque ! Savez-vous ce qu'il y a derrière le masque : une tête de cadavre. Il ressemble à un cadavre ! Sa mère a offert à Érik son premier masque, pour cacher sa tête de mort !

Christine donne un baiser à Raoul. Là-haut, posé sur la lyre

 Le Fantôme de l'Opéra

d'Apollon, un grand oiseau noir pousse un cri dans le soir.

– Partons ! dit Raoul. Fuyons [1] Paris !

– Non, j'ai donné ma parole à Érik, je dois retourner à l'appartement du lac. Je connais maintenant le chemin et...

Soudain elle regarde avec épouvante sa main.

– L'anneau, Raoul, l'anneau ! Je n'ai plus l'anneau d'or. Cet anneau est le prix de notre sécurité. Érik a ouvert les portes des souterrains, j'ai retrouvé ma liberté pendant un mois, mais je dois porter à mon doigt cet anneau ! Malheur sur nous !

L'immense oiseau de nuit regarde les jeunes gens avec des yeux de braise [2]. Christine et Raoul rentrent précipitamment dans le dédale des combles. Les couloirs sont déserts, il n'y a pas de représentation, ce soir. Au huitième étage, au bout d'un couloir, un personnage bizarre vêtu d'une cape et d'un bonnet d'astrakan, barre [3] le chemin et dit :

– Non, pas par ici ! Il indique un autre couloir. Allez ! vite, vite !

– Qui est-ce ? chuchote [4] Raoul.

– C'est le Persan, il habite dans le quartier.

– Qu'est-ce qu'il fait ici ?

– On ne sait pas. C'est un habitué de l'Opéra. Tout le monde connaît le Persan ici et le Persan connaît tout le monde !

1. **fuyons** : impératif du verbe *fuir* (se sauver).
2. **braise** : feu.
3. **barrer** : faire obstacle.
4. **chuchoter** : murmurer.

Dans les coulisses

1 Voici une mauvaise scène jouée par de mauvais acteurs sur une mauvaise mise en scène. Écoutez-la et corrigez.

– On a *sonné / frappé*. Qui cela peut-il être ?

– Mais non ! C'est le gosse de la voisine qui joue *du violon / de la mandoline.*

– Tu te trompes. C'est le virtuose du deuxième étage. C'est de la guitare. Écoute !

– Eh bien pour un virtuose ! Je ne lui fais pas mes compliments ! On dirait *un réveil / une cloche* !

– Mais qu'est-ce que tu chantes ? C'est une sonnerie ! Tiens regarde, il est midi à l'horloge de l'église !

– Ah bon, on a enlevé les cloches ?

– Mais tu es sonnée ou quoi ? Les cloches n'ont pas bougé. C'est l'artiste d'à côté. Il joue au théâtre de la Michodière « Le fantôme de l'Opéra » et il se lève tard. Voilà tout.

– Et maintenant *on sonne / on frappe* ?

– Ça doit être le fantôme.

– Un esprit frappeur ?

– C'est le comédien. Il doit être sans pain ou sans confiture ou sans beurre comme d'habitude !

– Il a de l'appétit pour un fantôme !

– Ah ! Le régisseur ne permet que les rôtis en carton pâte !

Entracte

2 **Relisez le chapitre et complétez la grille.**

1. On le porte sur le visage.
2. Qualité ou défaut du fantôme de l'Opéra.
3. Défaut du fantôme de l'Opéra.
4. Murs gros et grands.
5. Prénom du fantôme.
6. Bijou que le fantôme offre à Christine.
7. Le reste d'un mort.
8. Tunnel.
9. Métal.
10. Volatile.
11. Le bonnet du Persan est fait avec cette fourrure.
12. Personnage en pierre.

CHAPITRE 9

L'enlèvement

Raoul ne réussit pas à dormir. Deux yeux brûlants comme des brasiers [1] fixent son lit, à travers les vitres. Le jeune homme craque une allumette, il ne voit plus les yeux. L'obscurité revenue, les deux yeux fixent de nouveau Raoul. Dans le noir, le jeune homme prend son revolver et tire deux coups à hauteur d'homme, vers les deux yeux de braise. Il ne voit plus les deux yeux. Le lendemain, le domestique remarque des taches [2] de sang sur le balcon et le long de la gouttière [3].

---

1. **brasier** : feu.
2. **tache** : signe, trace.

3. **gouttière** : canal le long des toits pour l'évacuation de la pluie.

Le Fantôme de l'Opéra

— Les fantômes ne saignent pas, pense Raoul, c'est rassurant.

— Monsieur a sûrement tiré sur un chat, déclare le domestique.

Ce soir-là, Christine est sublime devant la salle frémissante [1]. Jamais elle n'a chanté aussi bien. Raoul est là aussi, il regarde intensément Christine. On est presque à la fin du dernier acte. Tout à coup une grande obscurité se fait dans le théâtre.

Quand la lumière revient, Christine n'est plus sur la scène. Les spectateurs se regardent sans comprendre. Raoul quitte sa place.

Sur le plateau [2], le désordre est indescriptible. Le chef d'éclairage est introuvable, les directeurs ne veulent pas sortir de leur bureau, le régisseur a appelé la police, Raoul de Chagny est désespéré.

Il parcourt comme un fou les corridors de l'Opéra. La loge de Christine est vide.

---

1. **frémissante** : qui tremble.
2. **plateau** : scène.

L'enlèvement

La première pensée de Raoul après la disparition de
Christine est pour accuser Érik. Il ne doute pas du pouvoir
quasi surnaturel de l'ange de la musique, dans le domaine de
l'Opéra, son empire.

– La rue Scribe ! Christine a parlé d'une sortie secrète rue
Scribe, se dit le jeune homme.

Raoul examine les grilles et les soupiraux [1] de la rue Scribe.
Une grille prodigieuse attire son attention. C'est la porte de la
cour de l'administration de l'Opéra. Il entre dans la cour, monte
et descend des escaliers, suit des couloirs sombres et se
retrouve brutalement dans la lumière du plateau.

Sur le plateau une foule d'habits noirs gesticule autour d'un
petit homme très calme, à la figure [2] rose et aux yeux bleus. C'est
le commissaire. Le régisseur indique Raoul au commissaire.

– Ah ! Monsieur de Chagny, vous arrivez à propos. Comment
expliquez-vous la disparition de Mademoiselle Daaé ?

Raoul commence à raconter l'histoire invraisemblable d'Érik
mais le commissaire interrompt le jeune homme.

– Votre famille, Monsieur de Chagny, est contraire à vos
sentiments pour Mademoiselle Daaé. Un vicomte de Chagny ne
peut pas lier sa vie à une chanteuse d'Opéra, n'est-ce pas ?

Raoul ne répond pas mais quitte le plateau précipitamment.

---

1. **soupiraux** : fenêtres au niveau du sol.
2. **figure** : *ici*, visage.

Pour s'échauffer

1 **Après avoir relu ce chapitre et le chapitre précédent, choisissez la bonne réponse.**

C'est le *soir / matin*. Un *oiseau noir / chat gris* suit les jeunes gens sur les toits *arrondis / pointus*.

Christine regarde *devant / derrière* elle. Elle s'installe avec Raoul sous la statue *d'un dieu grec / une déesse byzantine*. Raoul pense s'enfuir *avec / sans* Christine mais la jeune fille a donné *son cœur / sa parole* à Érik qui, en échange, lui a donné une *bague / chaîne* en *plomb /or* comme symbole de sa *sécurité / liberté*.

Christine raconte à Raoul l'épisode du lac *souterrain / sous-marin*. En effet, il est possible de pénétrer dans les sous-sols de l'Opéra par la loge *de Christine / du fantôme*. Ainsi, elle s'est retrouvée un jour dans un passage humide et *sombre / éclairé*, à côté d'un homme *inconnu / connu* qui lui a ordonné *de chanter /de se taire*. Cet homme est *terrifiant / sympathique*, *rusé / idiot* et jaloux.

Christine a *jeté / perdu* son anneau et *l'oiseau / la déesse* aux yeux de feu observe les jeunes gens, épouvantés, qui se sauvent *sous / sur* les toits.

Ils se perdent dans le labyrinthe *vide / bondé* des corridors mais un *fantôme / homme au visage / aux vêtements étrange(s)* leur indique le chemin et leur dit de *s'arrêter / se presser*.

Raoul, rentré *chez lui / dans la loge de Christine*, voit deux yeux comme des *flammes / lames* qui l'observent dans le noir. Raoul tire deux balles vers les yeux qui *disparaissent / apparaissent* enfin.

À l'Opéra, pendant le spectacle du soir, Christine chante *horriblement / divinement* mais un peu *avant / après* la fin de la représentation, la lumière s'éteint *brutalement / lentement* et la cantatrice est enlevée.

Raoul parcourt comme *un dément / un policier* les couloirs et cherche même *partout / dehors*.

Il cherche *avec succès / sans résultat* et se retrouve tout à coup *sur / sous* la scène. *Le régisseur / Le commissaire* interpelle le jeune homme. Le policier qui croit le récit de Raoul *possible / impossible*, est persuadé que la famille de Raoul *est / n'est pas* responsable de cet enlèvement car un aristocrate ne peut pas épouser une cantatrice.

Vocalises

2 Racontez, en une dizaine de lignes, à l'aide des mots que vous avez
éliminés dans l'exercice précédent, une histoire fantasmagorique.

....

....

....

....

....

....

....

....

....

....

3 Soulignez pour chaque décor de scène, les objets en trompe-l'œil.

1. Un banc de pierre, un château, une dame assise qui pleure.

2. Un balcon, une jeune fille qui regarde en bas, des nuages, un
    jeune homme qui lève les yeux vers la jeune fille.

3. Un port, des femmes qui attendent un bateau de pêche, un filet,
    un panier.

4. Un bureau avec une cigarette de tabac blond, une bibliothèque,
    une fenêtre qui donne sur la rue, un portemanteau avec le
    manteau d'un écrivain qui écrit à son bureau.

CHAPITRE 10

Au-dessous des Eaux

ans le premier corridor, une grande ombre se dresse [1] devant lui. C'est le Persan !
— Monsieur, votre famille n'est pas responsable de l'enlèvement de Mademoiselle Daaé ! Je peux vous aider ! Il entraîne le jeune homme dans un labyrinthe de couloirs inconnus. Arrivés devant une petite porte, le Persan prend un passe-partout dans sa poche, ouvre la porte et pousse le jeune homme par l'étroite [2] ouverture. Raoul, étonné, se retrouve avec son guide, dans la loge de Christine ! Le Persan sort deux pistolets de ses poches. Il donne un pistolet

1. **se dresse** : *ici*, se présente dans toute sa hauteur.
2. **étroite** : pas large.

à Raoul puis il s'approche d'un mur. Il semble chercher un point précis.

– Je cherche le bouton du mécanisme, le miroir doit tourner. Il y a derrière cette glace, un passage secret vers les souterrains.

– Vous connaissez comme Érik les dessous de l'Opéra ? demande Raoul.

– Oh non ! Érik, lui, connaît tous les mécanismes cachés. C'est le maître des murs, des portes dérobées [1], des miroirs tournants et des trappes !

1. **porte dérobée** : porte cachée.

Le Fantôme de l'Opéra

Les deux hommes suivent pendant longtemps un étroit corridor.

La petite lanterne du Persan illumine des parois [1] sans fin. Ils marchent encore pendant longtemps puis ils arrivent à une trappe. Le pistolet entre les dents, les deux hommes se glissent dans le trou noir. Ils continuent leur voyage à travers l'abîme [2] extravagant et sublime, le dédale effrayant des dessous de l'Opéra. Ils descendent toujours.

– Nous sommes sûrement maintenant au fond de la cuve [3], à une très grande profondeur, à quinze mètres au-dessous des eaux, déclare le Persan. Voici le mur de la demeure du lac ! L'entrée de la demeure doit être entre le décor d'une ferme [4] et une forêt en trompe-l'œil ! Ah la voilà !

Le Persan fait basculer [5] une grosse pierre et les deux hommes passent à genoux à travers une étroite ouverture. Le silence est complet. Le Persan promène sa petite lanterne sur le mur. Ils sont dans une petite salle hexagonale, les parois sont entièrement recouvertes de glaces.

– Nous sommes dans la chambre des supplices ! chuchote le Persan. Il passe ses mains sur les miroirs pour trouver une

1. **paroi** : mur.
2. **abîme** : trou profond.
3. **cuve** : réservoir.
4. **ferme** : exploitation agricole.
5. **faire basculer** : renverser.

Le Fantôme de l'Opéra

ouverture, un bouton, un mécanisme. Ils entendent des plaintes [1] dans une autre pièce.

– C'est la voix de Christine ! s'exclame Raoul.

Ils ne trouvent pas de porte.

– Christine, Christine, je suis venu avec le Persan à votre secours ! Nous cherchons l'ouverture. Cherchez de votre côté !

– Je suis attachée ! répond la jeune fille et elle tourne frénétiquement ses poignets [2] dans ses liens [3].

– Sauvez-vous Raoul ! Érik veut m'épouser. Il attend ma réponse. Ou j'accepte d'épouser Érik ou bien Érik tue tout le monde !

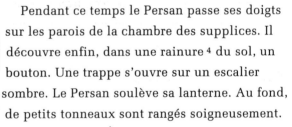

Pendant ce temps le Persan passe ses doigts sur les parois de la chambre des supplices. Il découvre enfin, dans une rainure [4] du sol, un bouton. Une trappe s'ouvre sur un escalier sombre. Le Persan soulève sa lanterne. Au fond, de petits tonneaux sont rangés soigneusement.

– Une cave ? Érik garde son vin ici ? s'étonne Raoul à voix basse.

– Pas son vin, cher Raoul, sa poudre ! Ces tonneaux [5] sont pleins de poudre.

– Il veut faire sauter l'Opéra ! s'écrie Raoul horrifié.

1. **plainte** : lamentation.
2. **poignet** : partie entre la main et le bras.
3. **lien** : corde.
4. **rainure** : fissure droite.
5. **tonneau** : récipient où on met le vin.

Pour s'échauffer

1 **Répondez aux questions.**

1. Qui Raoul rencontre-t-il dans un couloir ?

....

2. Est-ce que ce personnage est un ami ou un ennemi ? Pourquoi ?

....

3. Citez les trois objets très utiles qu'utilise le Persan.

....

4. Comment le Persan reconnaît-il l'entrée de la demeure d'Érik ?

....

5. Dans quelle pièce le Persan et Raoul arrivent-ils ?

....

6. Où Christine se trouve-t-elle ?

....

7. À quoi servent les tonneaux rangés au fond de la cave ?

....

Dans les coulisses

2 **Christine prisonnière dans la demeure d'Érik, est seule dans le silence. Écoutez et complétez ses pensées.**

Mon Dieu j'ai .... ! Où Érik est-il allé ? Il est sorti depuis si
.... Je ne .... pas .... ici, loin de
Raoul qui doit me chercher, loin de Madame Valérius ! Ils ne
.... pas .... car ils ne savent pas que je suis
prisonnière au fond de ce .... Aïe, cette corde me
.... mal .... poignets ! Non, jamais je ne serai
.... d'Érik ! Raoul ! Au secours ! Tu ne trouveras ....
.... pour arriver ici. Érik est un dément ! Ah j'ai peur !

Que faire ? Érik est un .... quelque chose de bon

.... Il est si malheureux ! Ah ! .... horreur !

Je .... finir ma vie dans les souterrains de l'Opéra !

Je veux vivre à la .... du jour, ... ! Avec Raoul !

Raoul ! Au secours ! Raoul !

Vocalises

3 **Vous êtes Christine. Écrivez un billet bref pour demander de l'aide.**

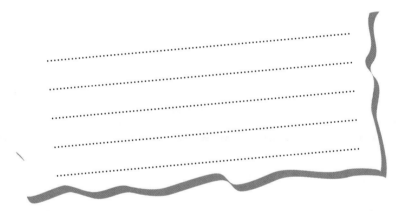

4 **Vous faites passer un avis de recherche dans la page des petites annonces du Figaro pour retrouver Christine.**

LE FIGARO

DELF

Vers l'Unité A1 : épreuve écrite.

5 Vous êtes un kidnappeur. Écrivez un billet anonyme pour raconter ce que vous venez de faire et demander une rançon.

Entracte

6 Trouvez le truc pour retrouver les mots mystérieux et la question que se pose Raoul dans son lit ?

•	•	(A)	B	C	(Q)	R	S	(U)	V	W
I	J	K	E	F	G	S	T	U	T	U
V	D	E	F	O	P	Q	N	O	P	C
D	E	C	D	E	E	F	G	R	S	T
E	F	G	G	H	I	A	B	C	R	S
T	D	E	F	D	E	F	E	F	G	F
G	H	E	F	G	U	V	W	?	•	•

L'Opéra de Paris

En 1875, le brillant architecte Charles Garnier inaugure le nouvel Opéra de Paris. Commencé en 1862 sur l'ordre de l'empereur Napoléon III, le palais Garnier comme on se plaît à l'appeler est un mélange de style Renaissance, de Baroque et de style classique et le monument type du style Napoléon III. Implanté dans le quartier des Grands Magasins, le Printemps et les Galeries Lafayette, il est le symbole de la richesse et du faste voulus par le second Empire, dans un quartier bien desservi par les gares qui relient Paris à toute

Les Galeries Lafayette.

l'Europe. La double rampe à l'ouest doit, à l'origine, permettre à l'empereur d'accéder directement en voiture à la salle mais la guerre de 1870 ralentit les travaux et l'inauguration de l'Opéra n'a lieu que sous la IIIe République !

L a construction de l'Opéra qui s'inscrit dans le plan d'urbanisme du baron Haussmann, nécessite des moyens énormes de terrassements. On crée même un lac souterrain pour rendre stable le sol. C'est ainsi que le journaliste écrivain, Gaston Leroux donne naissance à son célèbre personnage du fantôme de l'Opéra et à sa légende.

Place de l'Opéra au XIXe siècle.

L'Opéra doit être le lieu de rencontre de la cour impériale et de la grande bourgeoisie de l'époque. Sous les coupoles, les colonnes et les statues en marbre ou en bronze va pouvoir déferler la foule mondaine désireuse de se faire voir et de montrer sa réussite.

La salle de spectacle est en forme de fer à cheval, à l'italienne et possède cinq étages. Le plafond décoré par Chagall en 1964 s'inspire d'opéras et de ballets célèbres.

La scène est la plus grande d'Europe.

La façade imposante est décorée par quatre groupes allégoriques : *la Musique, la Poésie lyrique, le Drame lyrique et la Danse.* Elle est surmontée d'un immense dôme qui précède le fronton triangulaire.

L'énorme escalier rococo conduit les spectateurs au grand foyer décoré de mosaïques et de sculptures et aux divers niveaux des galeries et des couloirs. La coupole de la salle et l'énorme lustre sont soutenus par huit colonnes. L'Opéra de Paris est enrichi d'une précieuse bibliothèque.

1 Dites si c'est vrai (V) ou faux (F).

	V	F
1. C'est l'architecte Charles Garnier qui a conçu l'Opéra.	☐	☐
2. La construction de l'Opéra a nécessité des travaux énormes.	☐	☐
3. L'Opéra est construit dans un seul style.	☐	☐
4. Il rassemble des matériaux nobles.	☐	☐
5. C'est le Baron Haussmann qui a ordonné sa construction.	☐	☐
6. L'Opéra est un monument symbole du Second Empire.	☐	☐
7. C'est Napoléon III qui inaugure l'Opéra après la guerre de 1870.	☐	☐
8. L'Opéra est à l'époque le lieu de rencontre des grandes classes sociales.	☐	☐
9. L'Opéra a subi des transformations encore à notre époque.	☐	☐
10. L'Opéra est situé dans le quartier du Printemps et des Galeries Lafayette.	☐	☐

CHAPITRE 11

La Sauterelle ou le Scorpion

Ç a y est ! J'ai les mains libres Raoul mais j'entends les pas d'Érik !

— Christine il faut faire vite et trouver la porte de la chambre des supplices !

— Je ne vois pas de poignée [1] mais seulement deux leviers : une sauterelle [2] et un scorpion.

— Ne touchez pas au scorpion ! s'écrie le Persan !

— Et la sauterelle ? Attention, les pas se rapprochent !

— Avec qui parlez-vous Christine ? dit une voix terrible. Ah ! je comprends, le vicomte de Chagny est dans la chambre des supplices. Votre fiancé va mourir, Christine, tout le monde va

---

1. **poignée** : partie d'une porte où l'on pose la main.
2. **sauterelle** : insecte d'une calamité biblique qui saute très haut et loin.

Le Fantôme de l'Opéra

mourir. Tenez ! chère Christine, à vous de jouer [1]! Vous voyez
ces deux leviers sur le mur. Lequel choisir : la sauterelle ou le
scorpion ? Vous avez une chance sur deux de réussir ! À vous
de choisir, mon amour : faire tourner le scorpion ou bien faire
tourner la sauterelle ? Une sauterelle, ça saute joliment bien,
vous ne croyez pas ? Vous avez peur Christine ? Peur pour votre
fiancé, peur pour vous Christine, peur pour moi Christine ?
Ah ! ah ! Allez, tournez le bon levier !

La jeune fille hésite. Quel insecte choisir ? La sauterelle
saute et fait tout sauter ? Elle veut choisir le scorpion. Le
Persan s'écrie :

– Ne touchez pas le scorpion, Christine, le scorpion peut
faire sauter l'Opéra !

– Ah, Monsieur le Persan vous êtes là aussi ? Très bien !
Allez Christine, il faut choisir !

Alors la jeune fille fait tourner le scorpion.

La terreur de Christine, de Raoul et du Persan est grande.

Les secondes passent, les minutes passent. Dans le silence,
on entend soudain un clapotis [2] léger. Le bruit arrive du fond
de la cave. L'eau recouvre maintenant les tonneaux et monte
lentement dans l'escalier...

L'eau arrive maintenant à la bouche du Persan et de Raoul.
Ils tournent et hurlent dans l'eau noire, prisonniers contre le
plafond de la chambre des supplices...

1. **à vous de jouer !** : à vous de décider !
2. **clapotis** : bruit léger provoqué par l'eau.

Le Fantôme de l'Opéra

Dans son appartement de la rue de Rivoli [1], le Persan se repose. Son domestique annonce la visite d'un homme mystérieux. Le Persan voit entrer Érik. Le visiteur singulier s'assoit, épuisé. Il raconte comment Christine, au dernier moment, pour sauver leur vie, a accepté de devenir sa femme. Elle a posé un baiser sur son front et a dit d'une voix douce : « pauvre malheureux Érik ». Érik s'est alors mis à pleurer. Jamais sa mère n'a posé un baiser sur son front. Sa mère a offert un masque à son fils implorant mais jamais elle n'a eu le courage de poser un baiser sur son front.

1. **rue de Rivoli** : rue du 4e arrondissement, entre le Louvre et la Concorde.

La Sauterelle ou le Scorpion

— J'ai fait refluer [1] l'eau vers le lac, raconte Érik puis je vous ai ramenés, évanouis dans vos demeures. À mon retour dans l'appartement du lac, j'ai retrouvé Christine. Elle a tenu sa promesse et elle est restée.

— Où est Christine maintenant ? demande le Persan.

— Christine est loin avec Raoul. J'ai libéré Christine de sa promesse et vos amis sont maintenant libres et heureux.

Je suis malade, très malade, ajoute Érik. J'ai été tellement malheureux, seul, pris en dérision. Joseph Buquet a payé de sa vie pour avoir ri [2] de mon secret mais je suis fatigué et je n'ai plus de haine [3].

Le visiteur rassemble ses forces, se lève et salue le Persan.

Quelques semaines plus tard, les lecteurs du journal *L'époque* lisent dans la page nécrologique, ce bref et mystérieux message : « Érik est mort ».

1. **refluer** : repartir en arrière pour l'eau.
2. **ri** : participe passé du verbe *rire*.
3. **haine** : le contraire de l'amour.

Pour s'échauffer

1 **Dites si c'est vrai (V) ou faux (F).**

		V	F
1.	Christine réussit à se libérer les mains.	☐	☐
2.	Il y a deux leviers : un scorpion et un scarabée.	☐	☐
3.	Érik comprend que Raoul est venu au secours de Christine.	☐	☐
4.	Christine choisit de faire tourner le scorpion.	☐	☐
5.	L'Opéra entier a sauté.	☐	☐
6.	Érik a sauvé Raoul et le Persan.	☐	☐
7.	Christine a épousé Érik.	☐	☐
8.	On apprend la mort d'Érik par un message nécrologique dans le journal.	☐	☐

Dans les coulisses

2 **Écoutez et complétez le dialogue entre le Persan et son domestique.**

– Eh bien .... y a Victor ? Pourquoi restez-vous là, comme ça sans parler ?

– Heu... .... Il y a un... vivisi... un .... dans l'antichambre qui insiste, qui .... mais...

– Eh bien Victor, ... entrer ce monsieur... Ah Victor ! Avant, ... donc .... !

– Ah Monsieur... .... peut-être pas... une .... à cause de ....

92

- ... . Victor ! .... pas !
- Je veux dire à Monsieur que le visiteur...
- Pendant .... parlez Victor, fermez ....
  .... fenêtre. Je n'ai .... la peau sur .... os et...
  on crève de froid ici !
- Ah Monsieur, ne parlez pas comme ça, vous au moins
  .... !

À la barre

Les adjectifs et les pronoms interrogatifs variables.

Les adjectifs interrogatifs.

m. sg.	f. sg.	m. plur.	f. plur.
quel	**quelle**	**quels**	**quelles**

- Les adjectifs interrogatifs se placent devant un nom. Ils s'accordent avec ce nom.
- Les adjectifs interrogatifs se placent également devant le verbe *être*.
  Quel fantôme ? Il n'y a pas de fantôme ici !
  Et d'abord, **quelle** est l'identité de ce fantôme ?

Les pronoms interrogatifs variables.

m. sg.	f. sg.	m. plur.	f. plur.
lequel	**laquelle**	**lesquels**	**lesquelles**

- Ils remplacent un nom qui précède ou bien qui suit (dans ce cas ils sont suivis de la préposition *de*).
  Voici deux leviers. **Lequel** vous faites tourner ?
  Lequel de ces levriers faites-vous tourner ?

> — Quand ils sont précédés par les prépositions **à** ou **de** ils deviennent.
>
> | m. sg. | f. sg. | m. plur. | f. plur. |
> |---|---|---|---|
> | **auquel** | **à laquelle** | **auxquels** | **auxquelles** |
> | **duquel** | **de laquelle** | **desquels** | **desquelles** |
>
> Un animal qui pique ? **Auquel** pensez-vous ?

3 Complétez le questions suivantes avec des adjectifs et des promoms interrogatifs puis repondez.

1. .... personnages essaient de sauver Christine ?
   .... des deux aime la jeune femme ?
   ....

2. Dans .... chambre se trouvent Raoul et le Persan ?
   ....

3. Christine doit choisir entre deux leviers ; .... va-t-elle choisir ?
   ....

4. .... récipients contiennent de la poudre ?
   ....

5. .... décision prend Chistine pour sauver ses compagnons ?
   ....

6. Pour .... raison Érik décide-t-il de tous les sauver ?
   ....

7. Voici trois journaux de l'époque : *L'écho de Paris*, *L'époque* et *Le matin* ; dans .... est annoncée la mort d'Érik ?
   ....
   ....

8. .... personnage vous est le plus sympathique ?
.... préféreriez-vous ressembler ?

....

9. Auriez-vous préféré une autre fin ? .... ?

....

Vocalises

4 **Relisez attentivement le chapitre et retrouvez les mots qui manquent dans les phrases suivantes.**

1. .... qui parlez-vous ? demande Érik à Christine.

2. .... de Rivoli habite le Persan.

3. ...., tournez le bon levier ! dit Érik.

4. .... faut choisir ! Et la jeune fille fait tourner le scorpion.

5. .... son vin dans les caves de l'Opéra ! Quelle idée bizarre ! se dit Raoul.

6. .... du journal *L'époque* : « Érik est mort ».

7. .... a tenu sa promesse et elle est restée.

8. .... a été si malheureux !

Et maintenant découvrez avec la première lettre des mots trouvés, un animal qui peut ressembler à Érik.

5 **Érik intercepte un message mystérieux dans le journal et comprend tout. Et vous ?**

La cigale doit se tenir prête. Le grillon et le scarabée sondent les galeries de la fourmilière.
Inventez dans le même esprit la réponse d'Érik.

6 Faites le résumé du chapitre en une dizaine de lignes.

....

....

....

....

....

....

....

....

....

....

Entracte

7 Deux ailes ou deux L ?
Retrouvez grâce aux photos les insectes de la grille.